KB092045

하얀 잉크

신홍섭 시집

시음사
시사랑음악사랑

가르침에서 세상을 보는 신홍섭 시인

신홍섭 시인의 "하얀 잉크" 첫 시집에서 상징적으로 나타나는 것은 삶을 변형하여 발전시키거나 그것에 대항하면서 공존하는 방식으로 이루어져 미학을 추구하는가 하면 은유와 비유법으로 역설적인 요소들을 보여 주고 있다. 시인의 자아를 잘 나타내고 있는 이 한 권의 시집에서 신홍섭 시인의 모든 것을 알 수는 없지만, 시인만의 삶을 잘 형상화하고 있다.

신홍섭 시인은 두 개의 자아를 들여다보면서, 자괴감과 자아도취의 괴리 속에서 자신의 뒤를 돌아다보고는 또 다른 내가 있다는 것을 깨닫는다. 평생을 교육으로 꿈나무에 물을 주면서 삶을 키우고 가르침으로서 항상 겸손한 마음을 가져온 시인은 늘 두 가지 마음과 또 다른 세상을 본다. 길거리에 낙엽을 보고 치워야 하는지 서정적인 풍경을 위해 그대로 둬야 하는지 그 가운데서 고민하고 삶을 배우라는 메시지를 던져 주는 시인이다.

신홍섭 시인은 자신을 뒤돌아볼 수 있는 계기를 마련해 주는 작품이 좋은 작품이듯 자신의 경험을 공유함으로써 상상력을 촉진해주는 매개체가 문학이고 오아시스며, 그 메커니즘이 꽃이라는 것을 잘 보여준다. 향수를 시 문학으로 가꾸며, 꽃을 피우고 열매 맺는 시인만의 나무를 교육으로 키우며 제자를 아끼고 학문을 사랑하는 시인이 이제 첫 시집으로 독자를 만나려 한다. 풍부한 지식을 바탕으로 시작을 하지만 끝없이 노력하면서 색다른 형태의 詩作을 보여주는 "하얀 잉크"를 기쁜 마음으로 추천한다.

(사)창작문학예술인협의회 이사장 김락호

시인의 말

이제 가을은 점점 깊어 간다.
곱게 물든 나뭇잎은 한잎 두잎 떨어지고
잎 떨어진 자리는 고운지 궁금하다
내년 봄 새로 돋을 잎을 생각해서 더욱더 곱기를 기대한다

늘 생각하기를
뛰지 말자
천천히 걷자

교차로에 녹색 신호등의 불빛이 조금 남아도 뛰어들지 말고 늘
마음의 여유를 가지고 건너고 싶다

느긋하게 생각하며 살아온 터라 가고 싶은 곳에 가 보지 못하
고 작은 소망 하나 이루지 못하고 끝나는 것은 아닌지 가끔은
조급할 때도 있다.

그래도 완행열차를 타고 아니면 걸어서 봄이면 채송화가 곱게
피고 가을이면 코스모스가 하늘거리는 역마다 들르고 때로는
오솔길을 따라 걷는 그런 여행을 더 즐기고 싶다

그런 여행을 통하여 생동하는 삶의 수많은 시어詩語를 만나고
싶다

끝으로
부끄러움을 무릅쓰고 부족한 점이 많지만, 책으로 엮어 보았다.

시인 신홍섭

♣ 제1부 바람은 숲을 키우고

QR 코드 　스마트폰으로 QR 코드를 스캔하면
시낭송을 감상할 수 있습니다.

 제목 : 염원
시낭송 : 박순애

 제목 : 혼자서 가네
시낭송 : 박영애

♣ 제2부 행복한 소나무

♣ 제3부 소나기 바람

♣ 제4부 산사의 소리

제1부 바람은 숲을 키우고

새싹이 트고
꽃을 준비하고
부름켜를 키우느라
실바람, 싹쓸바람으로 단근질을 합니다.

숲은
바람을 부릅니다.

봄 이야기

멀리서 나풀대는 분홍색 바람
눈이 부시다

쑥 뜯는 여인네의 초록빛 이야기
나비도 나풀나풀 참견을 하고
바구니에 가득한 꽃구름 한 잎새

아지랑이 뒤에서 손짓하는 그리움
갓 시집온 형수가 쓰던
럭키치약보다 더 상큼한 흙냄새

향기에 묻혀
깊은 봄을 담는다.

지칭개

봄이 차곡차곡 쌓이는 한낮
술래잡기를 하는 햇살과 놀다가
아직 겨울 때가 덕지덕지 묻은
고추대궁 사이 이랑 속을 헤집으며
검은 장막에 갇혀있는 지칭개를 캡니다.

시궁창을 헹구고
맑은 물로 표백을 하며
삼동三冬을 빨아내는 여인을 보며
윤기 없는 희끗한 머리
거칠고 굵은 힘줄로 세월을 엮었습니다.

가려운 등을 썩썩 문지르면서
시원하지? 하시던 어머니 손

북풍과 폭설을 이기고
엎드려 땅속 저 먼 끝자락에서
지각으로 분출하는 용암을 꿈꾸며
숱한 인고의 진액으로 삼동을 뚫었습니다.

이제 막 끓어오르는 옹달솥에서
솟구치는 쓰디쓴 냄새
곰삭아 맵고 쌉싸래한 세월의 맛이
매화 등걸에 기대앉아 나른한 봄을 깨웁니다.

바람은 숲을 키우고

바람은
숲을 키웁니다.

십 년 백 년을 앞서서

새싹이 트고
꽃을 준비하고
부름켜를 키우느라
실바람, 싹쓸바람으로 단근질을 합니다.

숲은
바람을 부릅니다.

잎새 하나 흔들리지 않아도
눈 감고 가만히 앉아있으면
나무가 아닌 숲에서 이는 바람
세상을 향유로 감싸 줍니다

바람은
함께 하자고 합니다

나무에서
흐르는 물소리 파도 소리
천둥소리도 들립니다.

솟대의 염원

하늘이 푸르면 늘
날으는 꿈을 꾸는 숲속 솔가지

하늘과 사람, 땅의 이야기를 듣는
그런 새가 되어

천둥 번개
바람과 비와 함께
별의 노래를 하고
수많은 꽃의 숨소리를
향으로 반죽하여
천상에 전 하리라

저 멀리 지축의 울림을 알아차린
백조 한 마리
먼저 길 떠난 이의
남기고 간 이야기를
향피리에 실어 보내고

오늘도
급제를 기다리며
동구 밖 장대에 높이 앉은 한 마리 오리

해가 저물도록
남으로 시선을 꽂는다.

5월의 산

개 벗나무 살구나무
밤을 밝히던 야광 나무 꽃
그 많은 향으로 손짓을 하며

덕동 큰골 가득 춤을 추다가
꽃잎은 말없이 해를 따라 갔다.

혼례 날 받아 놓은 큰 애기가
밤새워 한 땀 한 땀
골무 낀 검지로 빨갛게 영혼을 담는다.

베갯모에 원앙이 놀고
천년 학이 그려지는 횃대 보褓에
가슴이 뛰는 야릇한 심정

그대 떠난 자리 아무도 섞이지 않은
검은 초록, 진초록, 초록
짙은 연두색, 뽀얀 색, 열두 가지 채도 대비

한 점 구름이 색을 입히고
바람이 화백인 양 덧칠을 하면
일렁이는 한 폭의 그림
더 성숙하려고 캔버스(canvas)에서
내려오지 못하는 오월의 산.

동백 꽃

네가 내게
깊은 미소를 주던 날
바람은 속삭였고
눈雪은 나비처럼
은빛 날개를 파닥이며
엉덩이를 흔들었다.

상긋한 네 모습
파동 치는 가슴은
떠오르는 햇살로
소금 섞인 푸른 꿈을 주었지.

진녹색 잎 새에 얼굴을 묻고
내가 너의 선물이기를……

온몸이 잉걸불 되어
편안한 자세로
법고法鼓를 듣는다.

열여덟 꽃은
붉은 입술에 노란 웃음을 머금고
동박새와 밀어를 나눈다.

염원

오늘도
벽이 아니기를 바라면서
새로운 문을 찾아
이른 아침 길을 나선다.

살면서 넘고 나고 들던
모래알처럼 수많은 문(門)자새

숱한 세월
마음 열어서 별을 꿈꾼다.

갈채喝采와 희열이 있기를……

든-바람 타고 올
낯익은 얼굴들

너와 나
마지막 빗장을 걷을 테니
뽀얀 가슴을 열어다오
진홍색 너의 마음을 보자

오늘처럼 내일도
잘 될 거야
주문을 외운다.

 제목 : 염원
시낭송 : 박순애
스마트폰으로 QR 코드를 스캔하면
시낭송을 감상할 수 있습니다.

덕동바람

십자봉에 사는 바람이
삼봉산을 들러
우리 마당에 앉아 시국을 논하더니
간다 온다 말없이 훌훌 떠나고

때늦은 상수리가
일기가 불순해
잎자국이 고우니 작년만 못하니
입씨름을 하다가
살림 걱정 접어두고 마실을 갔다

방울새만 모여
빨갛게 언 발을 녹이려는지
사푼사푼 앙감질을 하는데

우수 날 찾아온 바람이
회관 앞 평상에 혼자 앉아
요가를 하다 말고
웃음을 웃는다.

* 십자봉.삼봉산.-치악산줄기에 있는 산

16

어느 새벽

아득히 멀고 먼 새벽

칠흑빛 어둠이 겹겹이 누워서
떠나는 열차를 차마 바라볼 수가 없었다.

수은등은 안개에 묻힌 채
창백한 얼굴로 위경련을 앓는지
좀처럼 웃을 줄을 모른다.

출찰구 역무원은
피곤에 잡혀 눈을 감고 서 있는데

가슴속 냉기에 혼자 빠져서
첨벙거리느라 숨이 가쁘다.

두 갈래 궤적軌跡을 따라
쏟아놓은 아쉬움
차창에 입김을 불어
한 번이라도
이름을 써 보았을까 ……

그리움이 다는 아니야
오래 묵은 체증滯症 때문에
새벽녘 가슴이 아팠을 뿐이야

5월을 드립니다

사랑하는 당신
반지 그릇에 가위 하나 무명실 한 꾸러미
소창 이불 한 채로
만난 우리

그 흔한 진주 목걸이
하나 못 해준 주변머리 없는 사람
하늘처럼 받든지 쉰하고도 한해
무슨 말을 하리오.

우리네 세대가
다 그렇다고 치부하기엔
너무도 부끄러워
혼자서 못난 가슴을 긁어보지만
지나온 일들 어찌해야 할지
삼월 스무닷새 밤하늘을 보다
엊그제 사 온 천리향에
킁킁 심호흡을 합니다.

봄 산수유에 옷깃을 스치고
동백에서 매콤함을 맛본 당신
싱그러운 수수꽃다리와 함께
푸르른 5월을 한아름 드립니다.

진달래 이야기

밤새 울던 소쩍새 떠나간 자리
두견이 피 울음 하루 한나절에
가슴 속 끓던 선홍빛 노을은

온산을 뜨겁게 불꽃으로 덮었다.

구경꾼은 밀려오는 파도가 되어
하얗게 부서졌다 다시 모여서
노랑나비 춤을 추는 언덕을 넘는다.

삼월 삼짇날
가람伽藍가는 어머니
맑은 물 가득한 못 둑길 돌아
다기 물에 아롱지는 불자佛子의 마음

노래하고 춤추며 화전花煎을 지짐 하는
조선의 모습을 본다.

* 가람 : 승려가 살면서 불도를 닦는곳
* 다기물 : 부처님께 올리는 물
* 화전 : 진달래 등 꽃을 기름에 지진 떡

19

큰 사람

이날은
매월 한번 밥상을 같이하는 날

끈끈한 손을 잡으며
잘 있었어, 편안하지?
묵은지 같은 안부를 묻는다.

전방을 펴고 앉아
날씨부터 시작하여

이내 누구 아들은 당상관이 되었느니
곧이어 민간요법 병원장을 하고
갑자기 포도대장이 되어 목청을 돋운다.

경제학자를 거쳐
열 평 자리 농사 군이 되고
어느새 저마다 가져온 상품으로
장돌림은 손님을 부른다.

천하를 돌고 목이 말라서
호수에 있는 달을 마시던 경험을 살려
소백산을 통째로 들이키며
산보다 큰 사람이 된다.

다리 씨름

할아버지 할아버지의 고향
평소에는 물이 없다가
비가 조금만 오면 넘치는 강물

돌도 바위도 자갈도 없는
오직 반짝이는 백모래밭으로
물은 멍석말이로 굴러서 오고
땅과 하늘과 이어진 시커먼 소백산이
울컥울컥 물 토하는 모습이 보입니다.

윗마을 아랫마을
물 마른 강가 모래판에서
편 갈라 바짓가랑이 걷어 올리고
씨름 한 번 심하게 하더니
승부 없이 끝나고

해 떨어지기 전에
마을마다 큰 다리가 하나씩 놓입니다.

안경

내가 쓰고 뻐기던 안경은
호랑이가 동아줄 타고
하늘을 오르려다
피로 얼룩진 수수깡 안경

아버님 안경은
눈이 시원한 경주 남석 돌 안경

서당 방 선생님 안경은
밤톨만 한 상투 끝에 매달린
알과 코걸이만 있는
노끈으로 다리한 부실한 안경

눈 길 걷다 들어가면
낮에도 칠흑같이 캄캄한 창문 없는 방에서
세배하고 웃다가
정월 초사흘 종아리 맞을 뻔한
경을 친 안경

갑년甲年 세월 흘렀어도 자다가도 웃음 나고
지나온 흔적은 길게도 누웠다
지금 내 안경은 누진 다초점 안경.

* 남석 : 수정의 일종.
* 상투 : 옛날 성인남자의 머리모양.

봄

백운사 기슭
나이 든 개살구 나무 억센 가지 끝에
봄이 앉기에는 어설픈 자리에

노랑 턱 멧새 몇 마리
눈 녹은 물 한 모금씩 나눠 마시고
바람 없는 햇살을 향해 해바라기 한다.

봄이 오긴 오느냐고
말문을 열고 먼 하늘을 보다 가
"비 지지베 기 지지베 찌지비"

법당 처마에
매달린 햇살을 보았는지
곤히 잠든 꽃눈을 흔들다 "비 지지베"

조금 기다려
모퉁이 길 찌든 얼음이 곧 녹을 거야
호랑버들 눈은 흰자위가 커졌다

들려오는 소리마다 소곤소곤
고로쇠나무에 물길이 열리니
별꽃 하나 반짝이며 반색을 한다.

* 백운사-제천시 백운면에 있는 절

제비봉

거기
날고 싶은 청록의 청풍호
툭툭 던져 놓은 뭉게구름
옥순봉 구담봉은
마주 앉아 용궁에서 밀회를 한다.

아득한 사랑을 하늘에 걸고
그때 그대로 몸부림치면
퍼붓는 햇살은 녹의홍상綠衣紅裳
채단으로 내린다.

연인의 가슴을 치는 뱃고동 소리
타다 남은 장목 빗자루

강남을 물고
푸른 하늘로 솟구치는 한 마리 제비

또 오겠지
아! 매정하게 능선稜線을 밀면
내일을 기약하는 노을이 탄다.

올해도
분매盆梅는 피고

한통속

꽃밭에서
잠을 자는 나그네
중천에 해가 돋도록

물 뿌리고 비질하는
매정한 사람아

서로가 미쳤다고
삿대를 주고받다
사공이 되었다.

가는 사람
오는 사람

모두가 한통속

비가 오려는지
개미는 로터리(rotary)를
돌고 돈다.

자드락 길

친구야
불두화 진다고 아쉬워 말자
올해 못다 한 말일랑
내년에 다시 필 때……

한조각 구름도 사연은 있듯이
산사의 종소리로 물든 노을이
너무나 고와요

친구야
유유히 흐르는 강물을 보며
손잡고 자드락길이나
돌아옵시다.

* 자드락 : 나지막한 산기슭의 비탈진 땅.
* 불두화의 꽃말 : 제행무상

꽃잎 지는 언덕

햇살 고운 계곡으로
산 벚나무 꽃비가 쏟아진다.
떠나야 할 아쉬움에
가슴을 태웠는가?
핏발 선 눈시울

꽃잎은 이끼 푸른 물 따라서
가다가 돌아오고 돌아오다 떠나면서
분홍색 눈물을 흘린다.

다시 돋을 초승달은 보지 못하고
잎자루에 점점이 꿀샘을 그리며
먼 길 가는 사연을 풀어 보다가
걸망에서 주섬주섬
망상도 집착도 털어 내고
물보라로 흐려지는 언덕을 넘어간다,

이제 꽃잎은
숲속으로 다시 돌아오는 날
별 하나 따서 가슴에 안고
이글거리는 햇살을 타고

계곡 가득 버찌 되어
까만 진주로 떠오르겠지

장터

어둠 깔린 샛강
물소리 새소리 바람 소리
숨 막히는 터전에서
북새통 속에 하루를 열면

하얀 구름은 노을과 얽혀
질긴 인연 끊지 못한 채
불콰한 얼굴을 여울에 헹군다.

코발트색 물총새 한 마리
스치듯 활강을 하며
산수화의 계곡을 뒤지고

개개비는
개개 거리고
외다리 백로 한 마리
만선의 꿈을 꾼다.

긴 가뭄 짙은 냄새
샛강에 꿈틀거리는 생명들
중복 날 땀이 나는 새벽에
뜨거운 해가 솟는다.

오미자 사랑

해맑은 마음으로 환한 웃음을 흘리며
한나절 숲 속으로 찾아온 해님과 손을 맞잡고

밤마다 부서지는 별을 보며
부질없다고 못 지킬 언약이라며
한 송이 꽃은 황백의 입술을 지그시 물었다.

하얀 목을 길게 늘인 윤구월 그믐밤
하늘을 오르다 들킨
푸른 마음은 숨어 마신 한잔 술 인가
진홍색 구슬로 엮어 놓았다.

한여름 뙤약볕에
핏줄은 정맥류로 변하고
늦깎이 큰 바람에
내 작은 손바닥은 행랑채 장지문이 되었다.

꽃샘추위 매운맛 숨을 몰아쉬던 심장
짚자리에서 산고를 보낸
얼굴엔 부종도 다 가고.

쓰고 맵고 짜며 시고 달콤한 사랑의 입술로
나 이제 그대 앞에
한 송이 오미자五味子로 섰다.

빈집

백 년 묵은 신갈나무 위 까치집 두 채
오래전 오작교에서 눈 맞아 돌아온 후에

구름 높고 물 맑은 이곳
요란 떨면서 둘이서 지은 집
솟을대문은 없어도

팔작지붕은 하늘을 받치고
박공박博栱도 덩그러니
목지연木只棟도 고운데
다섯 칸 겹집 대청 격자格子 문은 왜? 버려두고

둘이만 살다가 바다를 건너가고
또 한 집은 자식 찾아 떠난 뒤 지금은 텅 비어

추억도 꿈도 여기에 두고
어디 가서 돌아오지 않는지?
이른 봄 눈발선 하늘에는 안개비 내린다

조팝나무 새싹은 조 알처럼 돋아나고
두더지 한 마리가 길을 가르는 데

빈집은 점점 무채색을 칠하더니
드디어 문화재가 되었다.

* 박공(搏栱) : 지붕면이 양방향으로 경사진 지붕을 뱃집이라고 말하며
　　　　　양편에 'ㅅ'자 모양으로 붙인 두꺼운 널빤지
* 격자(格子) : 가로세로로 일정하게 간격을 직각이 되게 짜 맞춘 것.
* 목지연(木只棟) : 박공의 머리에 건 짧은 서까래

31

인연의 끈

마을에서 보이는 산은
구름과 안개를 거느리고 늘 위엄이 넘친다.

가뭄에, 해갈이 되려면
빗줄기는 삼단처럼 칠렁이며
맹자산에서 뻗은 노갈등에서부터 내려야 한다.

그곳에 오는 빗줄기를 보며
마당에 널어놓은 날기를 거둬들여도
곰방대 한 대 피울 여유는 있다.

산마루 서어나무 숲 속에는
잎도 가지도 없이 하늘을 받치고
빛바랜 하얀 당간지주 되어
말없이 서 있는 소나무 한그루.

묵상에 든 솔새 한 마리
딱 따다닥 어치가 목탁을 올리느라 잠을 깨우면

법석을 알리는 찬란한 탱화의 환희는 보이지 않지만
눈감고 범종과 목어의 소리를 듣다가
구름과 바람과 비와,
이글거리는 태양을 향해 손짓을 한다.

서로 기대어 끝나지 않은 정 때문에
하루에도 무수한 길손을 맞으며
새들과 이야기를 나누느라 인연의 끈을 놓지 못한다.

* 맹자산 : 단양에 있는 산.
* 노갈등 : 맹자산에서 내려온 작은 산줄기.
* 당간지주 : 당간을 받쳐 세우는 기둥
* 당간 : 짐대

불로초

나라님 심부름으로
탐라 온 사신
세월을 건지려다

토사곽란吐瀉癨亂에
쓰디쓴 볏 잎 이슬
대추 잎 생즙에 토역질한다

몸에 좋다면
불가사리가 되는
하얗게 빛바랜 개똥

더위 먹은 사람들

제2부 행복한 소나무

그믐밤 별빛에 세상 사는 이치를 배우고
계곡물에 목을 축이는 쏠쏠한 재미
산속 친구들과 철 따라 사랑을 나누는
고향 소나무는 너무나 행복하다.

상념

집중 호우
태풍 경보
지난날 일기 예보다

물
불
바람은
끊임없이 흐르고

초침은 마냥 같은 길을 가지만
꽃밭 가득 피어있는 갖은 꽃들
곰삭은 상상의 나래

에이 아니야……

한 생각
뒤집어 보니
세상사
도로 그 자리

미세먼지 유감

개띠 해
섣달 스무 어느 날
지독한 미세 먼지
기다리든 별은 뜨지 못했다

눈에 보이지 않을 뿐이지
어디엔가 환하게 웃으며
분명히 떠 있으리라
그 별은……
혼자서 몇 번이고 되 뇌어본다

사람에게 지극히 해롭다는
그 먼지는 그 날 내렸다 걷혔다
나쁨과 좋음을 반복하면서
내 별이 뜨는 맑은 하늘을 가져갔다

하늘

구름 한 점 날아간
티 없는 자리에

그림을 그려보고 글을 써 봐도
형체 없는 마음뿐이라

푸름으로 가득한 다정한 하늘

선잠 깬 나그네
거울을 본다.

첫 살림

깊은 산 한갓진 마루에
쇠딱따구리 한 쌍
첫 살림 차리려고
걸싸게 집을 짓는다.

새벽부터 끌질하는 소리
탁, 타 닥, 딱 콩콩
온 산이 울린다.

끌밥이 눈처럼 퍼붓는데
한낮이 되도록 쉴 줄도 모른다
오늘은 마룻보에 글을 쓰려나?

갈참나무 가지에 큰 붓 한 자루
노루가 놓고 간 궁둥이 버섯

하늘의 세 가지 빛을 해, 달, 별,
땅 위에 다섯 가지 복을……
아들딸 낳고 검은 머리 희도록 잘 살라고

온화함이 하늘 가득 넘쳐흐른다.

* 걸싸게 : 일하는 동작이 날쌔다.
* 마룻보 : 들보.

박 속 같은 세상

이 빠진 갈가지를 보면
붕어새끼는 얼마나 놀랄까

손자의 이는
할머니가 잘 뽑지
어르고 달래고 흔들고
실을 걸어 잽싸게 채며
이마를 뒤로 치면 영락없다

까치가
다 낡은 헌 이를 가져가면
분명 새 이가 돋는다.

세상에
앓던 이 빠진 것보다
더 시원한 일이 많았으면 한다.

이 없으면 잇몸으로 살지
옥니 박이는 성정이 나쁘고
대문니는 아름답지 못하다는 말은
다 설화說話일 뿐

옛날 의치 할 때 줄로 갈고
펜치로 난리를 치던 일은
원시 동굴에 영구 보존되었겠지

치조골이 내려앉아도 뼈를 심고
오와 열을 맞추고 세우고 깎고 끼워
냄새 없이 고운 이를 자랑하는
박속같이 환한 세상이면 좋겠다.

* 갈가지 : 개호주의 방언
* 개호주 : 범의 새끼

41

끗발

흑색의 땅
반짝이는 진주
인생사 욕심의 전시관

아무리 우겨도
퀭한 눈
강정 같은 피부

끗발 끗발
터져야 체면이 서지

하루에 열두 번씩
시퍼런 지팡이로
삼단 같은 소나기나 자르지

하늘이 도와야
바다를 사지

* 카지노 casino 이야기를 듣고

입춘

입춘 날
들 가운데 작은 저수지
하얗게 질려 버린
얼음판은 바람이 할퀴고 간 자국이
헝클어져 있고

가끔 우지직 우지직 소리를 지르지만

누워있는 갈대숲 얼음 밑에서
싹 틔우고 꽃 피울 이야기
온 세상을 잠에서 깨울 얘기로 꽃을 피운다.

파란 물풀이 움직이고
참붕어 몇 마리가 느릿느릿 떠다니는 소리

버드나무 잎눈은 홍조를 띠고
개나리 넝쿨에는 잔잔한 미소가 흐른다.

작은 기억

법 없이도 살 수 있는
착한 아저씨는

망종芒種이 한참 지나도록
모내기를 못 한 천수답에
메밀을 풀려고

지름 주머니 하나 들고
붉은 대 메밀을
흰 대 메밀로 바꾸러 왔다

내 아버지는
바꾸긴 무슨……
알 굵고 튼실한 흰 대 메밀
장되 몇 되를 그냥 내주셨다

어른이 되어서
메밀이 왜 희었는지 붉었는지를
깨달은 내 유년의 작은 기억

애기 똥 풀

들과 냇가 산 길섶마다
무리 지어 모여 앉은
해맑은 천사의 웃음을 본다

보채는 소리 어르는 소리
웃음소리 가득한 골짜기에
아기 소리 엄마 소리 옹알이 소리
들판마다 해맑은 애기 똥 풀

유모차 위에서 잠이 들었나?
솔새도 꿈꾸는 한낮에

바지랑대 위에 잠자리 날고
빨랫줄에 나부끼는
시리도록 하얀 꽃구름떼

비릿한 내음에 춤추는 나비
노란 웃음꽃을 피워내고
스치는 바람 따라 손짓을 한다.
골마다 들판마다 노랗게 반짝이고
세상에서 가장 귀한 상큼한 희망을 본다.

심심풀이

운이 일곱 기술이 셋
기술이 일곱 운이 셋
어느 것이 맞나요?

아침 일찍 기사를 뒤적이다
조간신문에 띠별 오늘의 운세를 본다.

용이 여의보주를 물고 하늘을 날고
이번 주는 쌓였던 소망이 이루어진다.

밝은 활자 꽤 기분 좋은 점괘다

막연한 기대에 조금은 설레는 날
근신하라는 말도 있다
믿거나 말거나……

어느 날 갑자기
도사님 영역에서 비켜선
나의 태세太歲수

자유의 몸이 된 지 꽤 오래다
완전한 심심풀이

광대와 신선

까만 밤에 북치고 나팔 불면
그리운 사람 찾아 곡마단 마당으로 간다.

외발자전거가 하늘을 날고
곡예사가 공중제비를 돌 때
어릿광대의 어설픈 몸짓
주인은 관객 되고 관객은 주인이 된다.

지나온 언덕에 길이 접히면
강물 위 물안개 하늘을 날고
외로움이 넘쳐서 신선이 된다

창문 너머에 샛별이 눈짓을 하고
잔잔한 그대의 손을 잡으면
세월을 뛰어넘는 광대가 된다.

밤새워 쌓아놓은 길고 긴 사연
하얀 밤이 걷히면 처음처럼 꿈같은 장난

비가 안개로 안개가 비로
광대는 신선 되고
신선은 멋진 광대가 되고 싶다.

새벽꿈

낡은 커튼을 열고
창밖 냇물 건너 산 밑에
곡선으로 여유롭게 누워있는
두 줄기 철길을 본다.

고향 가는 하행선 무궁화호
산모롱이를 휘돌며 짧은 기적汽笛을 낳는다.

유리판에 깔려 잠이 든 전화번호
빛바랜 활자 너머에 옛 얼굴들
모래에 새긴 그림은 파도에 쓸려가도
담쟁이는 두 갈래 길을 잡고 하늘에 닿겠지.

큰 산 넘어 바닷가
바람 목욕에 신나는 아이들
손뼉 치며 노래하다
반가움에 뛰어나올 할머니를 부른다.

그냥 살지 ……

흩어진 조개를 줍듯, 영롱한 청춘의 꿈을 찾아
늦은 새벽에 그루 꿈이라도 이루려나
새마을호는 서울로 간다.

철쭉꽃 진 초여름
깃발처럼 하얀 비 내리는 철길에
쏴! 물비린내 쏟아지고
뻐꾹새 소리는 열차 따라 방울방울 구른다.

슬픈 착각

엊그제 쏟아진 폭우는
우리 옥상 고무함지를
백사장 없는 푸른 바다로 만들었다

열대야
사분의사박자 지휘봉의 궤적
신비한 춤사위로 피어오른 몽환의 밤
구미호의 달콤한 죽음의 푸른 향냄새에

겹눈과 홑눈마저
빛의 반사를 놓쳤음이라

한나절이 지나도록 돌고 돌아도
기댈 곳 하나 없는 멀고 먼 바다
숲에서 아련히 들려오는 풀벌레 소리

솔나방의 몸부림
수없이 파닥이다 하늘을 보고
이건 슬픈 착각이야.

하얀 잉크

날이 갈수록
돌아볼 일이 많아선지
불면의 횟수가 잦습니다.

그 긴긴밤
내가 쓰는 잉크는 하얀색입니다
이몽룡의 사랑 얘기도
최근 알아둔 사투리까지
중구난방으로 튀어나와
까만 화선지를 일필휘지로 갈기고

진경산수화와 마네, 모네의 그림을
화폭에 여백 없이 채웠어도
상상의 나래는 끝날 줄을 모릅니다.

밤낮이 뒤집힌 후로는
기와집 짓고 글 쓰고 그림을 그려도
잉크 탓인지 보이질 않습니다.

행복이 가득한 집

낯선 도시
식당을 찾아 나섰다

골목 안
그을음 앉은 허름한 목조건물
고향 집 시래기 냄새난다

무청 시래기 돌솥 밥
무채나물 피랑추 곤드레
어릴 때 물리도록 먹은 산나물
성인병 고치는 별미가 되었다

삼십 분 그리고 삼십 분
시장기가 지고서야 수저를 들었다

달래장에
옛날을 음미하며
어머니 손맛에 눈을 감는다.

모두가 환한 얼굴
주인 할머닌 손을 흔드네
행복을 가져가라고

* 곤드래 : 고려엉겅퀴를 말함
* 피랑추 : 산야초 솔채를 말함

산을 오르며

일상처럼
해 뜨는 시간에 산을 오릅니다.

두 갈래 길에 서면
가야 할 길을 산에게 묻습니다.

가쁜 숨 경직되는 근육
물먹은 소금 자루
오르는 길에서 인내를 배웁니다.

정상의 하늘, 마을의 하늘,
하늘에서 본 하늘도 높을 거야
나를 품어주는 산에서
포용을 보았습니다.

하산의 여유는 여유가 아니에요
산이 높고 낮고, 크고 작아도
산의 산격山格에서 겸손을 배웁니다.

아름다운 산
산과 길은 같은데
어제의 산은 오늘의 산이 아니네요.

행복한 소나무

나의 자화상
수 없이 매달린 솔방울
휘어져 틀어진 짧은 줄기,
옹이박이, 검고 까칠한 피부,
세상의 못난 슬픔은 혼자만 가졌다.

봇짐을 잘 못 벗어
깎아지른 벼랑에 바람은 세고
메마른 탓도 해 봤다.

계곡 입구 토질 좋은데 사는 누구는
옛 궁궐, 근정전, 기둥감으로 가고
누구는 당상관 집으로, 한옥마을로
부잣집 별장으로 살러 갈 때
우리는 모두 부러워했지…

소음과 매연 많은 낯선 곳에서
말에는 찬바람이 묻어나고
귀에는 이명과 환청이,
숲속이 그립다는 향기 없는 소식
지금은 잘 있는지? 보고 싶구나.

흐르는 구름에 마음 한 점 내려놓고
새들과 벗이 되어 세월을 낚으며
살랑대는 바람과 정담을 나누다가
철 따라 피어나는 들꽃의 꿈을 꾼다.

그믐밤 별빛에 세상 사는 이치를 배우고
계곡물에 목을 축이는 쏠쏠한 재미
산속 친구들과 철 따라 사랑을 나누는
고향 소나무는 너무나 행복하다.

아직은 손님

아침 댓바람에 황사가 왔다.
몽골에서 황하를 지나
마을과 뒷산도 가렸다.

갓 시집온 새댁, 낮달도 떠나고
밤새 뜬 눈으로 새운
긴 꼬리 연 줄도 끊겼다.

모래 언덕에 두고 온 사연
비빈 손은 번열로 끈적이지만
이른 새벽 일터에서 막 돌아온 너

태풍을 품은 바다는
해산의 몸부림에도 긁힌
자국도 하나 없잖아

뭐 그리 중한 게 있다고, …
너와 나, 부닐면서 그저 감사히 사는 거야

매화꽃 피어나고
여울목에 원앙새 노닐 때
뿌리는 깊이 내려
분홍색 장미는 오롯이 피겠지

우수雨水

강이 풀리는 우수 날
얼음판 변두리에 회색빛 해오라기들

빙벽에 가로막혀 목은 타고
가늘게 흐르는 여울목에는
물살을 뚫는 눈빛
갈가리 찢어진 구름만 아롱진다.

얼음 밑에는
무슨 일이 있는지 알 듯도 하지만
바람에 순종하느라 말라 비틀린
말 없는 갈대 꽃잎들

장평천 냇가에
태극무늬 청둥오리 떼
진홍색 맨발로
달빛같이 얇은 해를 밟고
옹기종기 모여 앉아 해바라기 한다

산책 나온 사람들
느릿느릿 여울처럼 걷는데
봄 실은 열차가 경적 소리 요란하게
남쪽 다리를 건너온다.

어떤 집착

이웃집 애호박에
이름 새기던 사람

동네 어귀
네 잎의 클로버
작은 시멘트 탑
못으로 긁은 명銘

산기슭 가묘假墓
거품 묻은 화강석
웃음 솟는 묘비명

자찬의 말도
덕을 기리는 명도
모두를 놓아주자

해님이 알고
새들이 지켜보니
바람이 전하겠지

천근의 돌을 놓고
머나먼 여행을 뜨는가?

그냥 놀다 가지

장대비

직행 버스 정류장 찻집
눅눅한 옷자락을 타고
커피 향이 스멀스멀 기어 다닌다

비를 노 맞은 사람
비 마중하러 차에서 내리는 사람

차들은 아스팔트길을 써레질하고
손님들은 잡담 섞인 수다를
빗물에 방울방울 흘려보낸다.

너와 나, 가야하고 있어야 할 시간에
표도 끊지 않은 채, 비 내리는 창가에 앉아
하얀 비가 그리는 빗발 무늬를 본다.

선녀와 나무꾼, 백조의 호수도
산골 소녀의 사랑 이야기를 그리더니
드디어 해를 그리고 달도 그렸다.

우산을 빙그르르 빗물을 털지만
사랑은 열매 되어 구심점을 맴돌 뿐
떠나지를 못하네
소낙비 뒤편 파란 하늘
너와 나의 쌍무지개, 가득한 환희

크는 산

산은
오늘도 큰다.

가끔은
누워있는 산이
슬금슬금 일어나 앉기도 하고

요즘에는
엉거주춤 서서 나를 보더니
벌떡 일어섰다.

꽤 걸렸나 싶은데
순간이었다.

내리는 길에도
시간은 짧은 토막을 낸다.

단풍

단풍은
오징어 탈을 쓰고
왜장을 치던
함진아비와 같이 와서

청사초롱 불 밝힌 밤
풍요와 함께
곱디고운 채단綵緞으로 앉았다.

뽀얀 안개 살포시
막이 오르면
하늘에 걸어 놓은 신선의 그림

산허리를 타고 넘는
한 줄기 시골길
노랗고 빨간. 향긋한 가을 냄새

강물이 굽이치다
달아나는 여울목에
화사하게 섞어놓은 추상화의 물감이어라

눈 내리는 백운산 계곡

하늘, 땅,
온 세상 모두가 순백이다.

머리가 부풀어 오른 외로운 박새
봄이 와야 맵시를 찾을 텐데…

생강나무 꽃눈을 품고
느릅나무 가지에
까꾸로 매달리던 동고비 한 마리

산사에 종소리 피기도 전에
자국눈 날리며 봄 마중을 갔나 봐

인적 없는 계곡
물이 흐르는 영혼의 소리에
하늘 가득 눈송이가 춤을 추고

빛바랜 가슴을 씻으며
이름 없는 행성에서 미아가 되어
조심스레 걸음을 옮긴다.

* 박새 : 겨울 먹이 찾기에 신경을 써서 머리가 겨울에는 부풀어 오른다. 고 함.
* 동고비 : 먹이 찾을 때 나무에 까꾸로 매달리는 습성이 있음.

사랑의 노래

꼭두새벽
잠에서 깬 멧새 몇 마리

바자울에 모여 앉아
눈 비비고 하품하며
간밤에 꾼 꿈 얘기로 조잘거린다.

돼지꿈을 꾸어서
일확천금이 굴러오리라고
또 다른 이는 용을 보았으니
태몽이라고 깔깔대더니

때로는 혼자서 간장 끊어지게
임 부르는 소리 사랑의 소리
산을 덮는다.

낙엽송 잎 바람에 날리다

잎 넓은 나뭇잎
다, 떨어지고

동짓달 초열흘 늦은 아침
차가운 바람에
보이는 곳마다 줄지어 선
황금색 낙엽송밭

타작마당 벼알 쌓이듯
사륵사륵 쌓이는 보석들

삼봉산은
어머니가 짜 만든 열두 새 무명이불
빨간색 홑청 밑에서 나올 줄을 모르고
잿빛 하늘 세찬 바람에
후두두 비가 내린다.

고운 금빛은
하늘 가득 눈이 부시다.

이삭 자른 빈 밭, 핏발선 하지정맥
을씨년스레 수숫대가 서걱거린다.

갈기 휘날리며
은하수를 건널 듯 치솟던 낙엽송

젊음은 어디 가고
어제 곱던 단풍마저 간 곳이 없네.

장평천 물 위에 청둥오리 떼
먼 길 가는 잎 비를 보고
이별의 날갯짓으로 물을 가른다.

빗발은 돌개바람 되어
멍석을 말고
잎 비는 아쉬움을 남긴 채
하늘 가득 춤사위도 곱게 길을 떠났다.

황조롱이

꽃샘바람이 심한 날
마을 어귀 잎도 돋지 않은
미루나무 끝에 동그마니 홀로 앉아서

파란 하늘을
마름질하고 몇 번이고 재더니
무슨 생각을 했기에
간다 온다 한마디 말도 없이
단번에 솟아오른다.

보랏빛
하늘 끝을 벗어나는
까만 점 하나

6월이 익어 갑니다

길손에게

눈 덮인 묵정밭에서
똬리를 틀고 앉아 미늘 가시로
앙칼지게 도깨비짓 하던 줄 딸기

꽃샘추위 심한 날
하얀 꽃을 피우고
무엇이 부끄러운지
금세 홍조를 띠었습니다.

밟히고 할퀸 줄기
제 몸도 추스르지 못한 채
아까시 꽃 향과 송홧가루에 범벅이 되어

빨간 가시털로 다홍의 열매를 빚었습니다.

새콤달콤한 맛
오도독 씨가 부서지고
가끔은 노린 냄새가 섞여 있는
그런 맛에 6월이 익어 갑니다.

칠월 초하루

장맛비에
하늘마저 눌러앉은 칠월 초하루
눅눅한 습기로 온몸은 물을 끓이고
빗소리 바람 소리 귓전을 때린다

꽃밭에 피어있는
바늘꽃은 회색빛 하늘을 연신 찌르고

천둥소리 날 때마다
하늘이 열리고
마당에는 무수한 별들이 떴다가 진다.

시골 싸락눈

싸라락 사라락 싸락눈이
낟알 튀듯
온 마당에 튀어 오른다.

장닭은
목청 한번 돋우더니
두 눈을 끔뻑하고

싸라기눈
한 알 물고
헛수로 입맛을 다신다.

쳐다보던 서리병아리
콕콕 집어도, 집히는 게 없으니
종종걸음 맘이 급하다.

이웃집 할머니 댁
밤 굽는 냄새
담 너머 열린 현관문

아! 그렇지 방학이구나.

다람쥐

지난밤이 추었나 보다
한식날 뜨는 해가
너무나 그리워

돌담에
쪼그리고 앉아
두 손으로
마른세수를 한다

눈을 감고 해바라기 하다
잠이 들었나 미동도 없더니
합장하고 먼 하늘 향해 소원을 빈다

나무 구고구난 관세음보살
나무 대자대비 관세음보살
무자년 도 무사하게

벚꽃이 터지고 산개구리가
태교를 노래할 때
신라의 춘양목으로
반가 사유상이 되었다

가을

살살이 꽃 사이로
가을은 살랑대며 왔어요

몇 올 남지 않은
머리칼 성긴 사이로
그 많은 추억을 데리고
주적주적 내게로 다가와

한참을 바라보아야
알 수 있는 미소들

이제 기다림의 바람을 …

가슴 가득 싣고
만선의 찬란한 깃발로
구름 타고 푸른 하늘에
나부끼어라

바다를 비상하는
연어의 몸짓으로
확 끌어당겨
살포시 안아 주는

나의 님이어라.

겨울이 오는 풍경

한 뼘의 텃밭
풋고추 열 포기
된서리에 풀이 죽었다

담장 밑 강아지
앞발로 얼굴을 감싸고
한나절이 되도록 꼼짝을 않는다.

논바닥에 쌓아 놓은
쇠먹이 볏짚
하얀 도포를 입고 줄을 서 있다

참새는
새벽부터 이삭을 줍고
방울새는 잰걸음으로
덤불 속을 헤집는다.

전봇대를 타고 앉은
흑백의 만장들은 바람에 나부끼고
팥배나무에 빛바랜 잎 새 하나
마지막 옷을 벗어 던진다

수숫대 빨간 깃발
솟았다 내려오니
출발이 요란하다

지난밤 허드레 물통 옆 작은 나무
가지마다 얼음꽃을 피우더니
겨울은 슬그머니 왔다.

제3부 소나기 바람

산 위에서 서성대던 바람이
꼬질꼬질하게 찌든 구름을
한 광주리 담아
이고 오더니

흙먼지를 터는지
자옥한 황토 냄새

굴참나무

마을 숲에 서 있는
우람한 굴참나무

천수를 넘긴 나이
더는 베풀 게 없어서
머리 위에 넓은 터를 내주었다

정수리에 올라앉은
겨우살이는 혼자만 푸르고

골 깊은 피부에 펼쳐진 꽃밭
이름 모를 꽃들이 송이송이 곱게 피었다

오뉴월 땡볕에서
길손들의 세상사는
이야기도 차곡차곡 들었다

눈 오고 바람 불어도 꿋꿋이 서서
샛바람 타고 오는 짭짤한 냄새를 맡으며
찢어진 세월을 한 올 한 올 꿰맬 줄도 안다

이월의 냉기에도
두 주먹 불끈 쥐고 추위와 맞서
봄을 기다리는 굴참나무

소나기 바람

햇빛 고운 날씨
한나절이 채 안 되어

산 위에서 서성대던 바람이
꼬질꼬질하게 찌든 구름을
한 광주리 담아
이고 오더니

흙먼지를 터는지
자옥한 황토 냄새

비비고 문지르고 두드리는
방망이 소리
사천沙川 냇가에서
요란하게 빨래를 한다

냇물 가득 구정물이 흘러내리고

언제 그랬나? 는 듯
바지랑대 없는 푸른 하늘에
바람이 걸어 놓은
상큼한 구름 냄새
새하얀 구름 조각

펄럭이는 빛 고운 색동저고리

산 비알

가슴이 답답하면
산으로 가자

깊은 바위틈에서
천년을 꿈꾸는 솔 씨를 보면
솔향 그윽한 솔바람 따라
마음은 깃털로 날아오른다.

소나무에 기대앉아
눈을 감으면

노란색 두 선을 비켜
흰점, 흰선을 넘어서
사각형 깊숙이 마음을 가둔 채
점 넷으로 집을 짓고

네모를 찾아서
반듯한 네모로 살다가
모를 던지고
네모로 돌아가는 사람들

솔 비알에 앉아서 보면
크고 작은 산들 차분한 도시
세상은 모두가 원형의 마음이다.

산촌에서

섣달 보름
한줄기 엷은 햇빛
냇물을 건너
잣나무 골 능선을 오르더니
종일 소식이 없다.

산허리를 돌던 낮은 구름
을씨년스럽게 하늘을 덮고

까맣게
그을음 앉은 굴뚝 모퉁이
정갈한 참나무 장작
앙감질로 뛰어드는
한 마리 굴뚝새

서울 간 수연이
할아버지 댁
벽시계가 다섯 시를 알리는데

싸락눈이
모두 나와 춤사위를 타다가
무암사 법당 뒤로 몰려가고

어설프게
쏴아 한줄기 바람이
몰아치고 간 자리
조팝꽃 하얀 눈 위에
어둠이 자리를 펴면

시원한 동치미 국물
숭늉 같은 이야기가
이집 저집에서 불빛을
타고 흐른다.

* 무암사 : 금수산에 있는 절

79

영전 골 소묘

하짓날
하루해와 맞먹는 긴 영전골

굽이굽이 도는 멋도 없이
하늘로 쭉 뻗은 길
흐르는 물 또한
폭포처럼 외줄기다

빨간 흙 황톳빛 진흙
돌이 여섯이고
나머지가 흙이다

흙은 잘 고아 만든
청이 진한 조청으로
급한 사람 못 가게
달라붙는 심술궂은 흙이다

걷고 또 걸어도 좀처럼
줄지 않는 길고 긴 길

등곳길은
쉬엄쉬엄 한눈팔며
갈 수 없는 길이었다.

몇 발짝 걸으면
고무신 전두리까지 먹어 치우는
먹성 좋은 새빨간 찰흙이다.

도랑물에 신발을 씻고
새하얀 마사 흙
신작로 자갈길에 나서면
촌놈인 줄 다 안다.

지금은
한 번쯤 넘으려도
넘을 수 없는
영전 골 점재 말랑

시멘트 농로로
영전 골은 살았는데

재너머 쪽 사람들
새길 따라 다니니 길이 끊겼다.

* 영전골(永田谷). 점재. 오르네골 : 단양에 있는 지명

바람의 마을

가장 번화한 거리에
두 평만 있어도
아들 딸 잘 키우고
노후 생활 걱정 없다던 자리

그 골목 자리하나 비더니
끝내 노른자위 그 자리가
명패를 달았습니다.

사람이 그리운 마을
가로등 불빛도 외로운 거리에
해마저 일찍 지고 늦게 뜹니다.

맨살 드러낸 골목에
달빛이 기웃거리다 가고

오가는 차만 없다면
절간보다 더 큰 고요가 흐르는
바람의 마을이 되었습니다.

순간

사람의 평생은 길고도 짧다
겁劫, 찰나刹那, 순간
지금 평창에서는
순간마다 뜨거운 열기로
가슴속 추위를 녹인다.

옷깃 한번 스쳐도
억겁의 세월이 흘러야 한다지만
남자 평균 수명은 77세라면
겁劫을 생각하면 희수喜壽는 순간
참 기막힌 일이다

빙상 삼천 미터에서
대한민국은 금메달이다

등위는 천 분의 일 초로 매기니
희수는 너무도 길고 긴 시간이다
시간이 있다 없다는 마음 쓰기 나름이지

겁과 찰나 시 공을 넘나들며
살점을 찌르는 바람을 외면한 채
순위가 줄 서는 순간 순간들
도무지 구별 못 하는 야무진 바보가 된다.

* 희수 : 칠십칠세를 七七세

83

봄이 오는 길목

온몸에 스며드는 찬바람
걷히는 줄 알았는데
새벽녘에 다시 한기가 일어난다.

한낮에 흐르는 뜨거운 기운
요동치는 핏줄에 힘이 솟더니
눈이 침침하다
눈이 내린다.

마음을 토해 뽀얗게 닦은 거울
맑음은 잠시 다시 닦고 또 닦고
가슴을 덮은 미세 먼지
햇살로 지운 얼룩들
한 올 한 올 걷어 버리고

외진 골짜기
남몰래 이룬 상견례 허허한 마음
철 늦은 냉기로
기 싸움했을 처연한 꽃송이
반짝이는 별이 되었네.

울다 웃고
열나고 내리고
기침 나고 아픈 무릎 멈추는 날
이렇게 한 담불을 그냥저냥 넘는다.

마을 숲 큰 나무

마을 숲에 서 있는
가지 많은 큰 나무
땅 넓고 하늘 낮음을
혼자만 안다

봄이면
물안개처럼
나뭇가지 가지마다
소곤소곤 잎이 피고
시샘하듯 꽃눈이 터지고
아이들 노랫소리 즐겁다

잎 새 우거진 유월
새 소리 매미 소리
길손의 땀을 씻는 쉼터가 되고

가지마다 잎새마다
꿈틀대는 생명
새들이 깃드는 터전에는
열매 가득히 가을은 풍년이다.

혼자서 굽어보는 정겨운 마을
잎 많고 꽃 많으며 열매 많은 나무
구름도 웃으며 쉬어서 간다.

건널목에서

건너야 할 길목에 서서
신호등 그늘에 얼굴을 가리고
한 생각으로 기다리는 짧은 시간

녹색 신호에 튀는 용수철 되어
직진하는 사람, 좌우로 갈리는 사람
모두는 길이 달랐다
착각의 셈을 해 본다

두 번의 길목까지 동행한 사람들
다시 멈춰 숨을 고르고
말 없는 표정에
전우애 같은 정을 느낀다.

깜박이는 숫자
떨어지는 부동의 명령에 뛰어드는 사람
날 선 시선이 꽂히고

죽도록 급한 일 없음은
다 아는 비밀이지만
상점의 남녀 마네킹이 웃고 서 있다

몇 초의 멈춤을 조바심하며
모두는 삶을 조각하는데
잘 다듬은 긴 시간을
갈기갈기 찢어 놓는 미숙함으로
그의 횡단은 분명 광기였다

바삭한 눈으로 바라보는 사람들
엉킨 실타래로 자신을 묶으며
튀는 곳이 궁금하다

풀칠

풀칠을
잘하기란
힘든 일이다

무명을 날 때
한옥 문 바르고
문풍지 달 때

입으로
뿜는 물 뿌림과
풀칠의 오묘함은
할머니만 안다

예나 지금이나
입에 풀칠은
어려운 일이다.

법흥사 소나무

새들도
말이 없는 날
고요한 계곡

댓돌에 서서
몇 겨울을 지났는지
황장으로 쌓은 내공
유리알 같이
맑은 연홍색 피부

법어에 귀 기울이고
법당을 바라본다.

* 황장黃腸 : 나무의 심(心)에 가까운 부분. 빛깔이 황금빛

억하심정

잔디밭에 잔디는 없고
우거진 풀밭이다
다시는 나오지 못하게
잎 넓은 풀은 뿌리까지 없애야 한다.

생육 초기에
바람 없고 구름 없이
햇볕이 쨍쨍 비추는 날
광합성이 활발할 때 살포하라

잔디는 살리면서
잎 넓은 잡초만 제거되는
농약사의 설명이다.

이 섬뜩한 결벽증은 어디서 왔을까
이 일을 어찌 하리

세상은
잔디도 잡초도 주인으로
모두가 잘 살아야 할 존재다

그 와중에
가녀린 별꽃이 아름답다.

어느 봄날

양지쪽 길 위에
아지랑이 일고

냇물 얼음 틈새에
버들가지 살랑살랑 리듬을 타고
새들도 물 따라 장단을 칠 때

오솔길
노랑나비
사랑에 춤을 춘다

난전에 나물 파는 할머니
달달하고 쑵쓸한 냉이
쓰다듬고 빗기고
매무새를 고치며 단장을 한다

우체부가 던져 준
친구의 손편지
봄을 삼킨 도다리쑥국
비릿 쌉쌀한 냄새

아! 목련이 피네
툭툭 꽃송이가 터진다.

미치광이 풀

소가 먹으면
미친 듯 날뛰고
실실 웃는다고 미치광이 풀이다

검은 자색의 새순과
흑자색 꽃봉오리는
그야말로 미치도록 예쁜 꽃이다

그래도
곁에는 가지 말고
함부로 먹지 말란다.

잘 정제精製하면
이보다 좋은 약은 없다는데

사람, 독풀,
참 이상하다

함부로 다루고
닥치는 대로 먹어야
성이 풀리는 사람들…

풀은
오직 풀의 삶이 있고
살려는 몸부림이다

봄의 상념

봄은
장꾼을 따라 왔습니다.

옥향
대추나무
편백나무

동강 할미꽃
아득한 절벽 위
골짜기 떠난 지 몇 해이던가
고향 그리워
하늘을 향해 꽃을 피웠습니다.

하얀 목련꽃 송이
가냘픈 어린 가지
어머니 그리워
난전에서 꽃잎을 피웠습니다.

화목원에서

나른한 봄날 화목원에서
꽃은 사람보고
사람은 꽃을 보네

꽃 속에 꽃 있고
꽃잎 속에 꽃잎
깔리는 향 뜨는 향
온 세상은 가득한 향기다

어디서 왔을까
먼 그 어디에 아름다운 세상이

홑꽃은 홑눈
겹꽃은 겹눈을 크게 뜨면서

수많은 꽃은 서로를 보고
환하게 웃는다.

꽃 보고 사람보고 하늘을 본다.

소임所任을 내려놓고

나도 내 것이 아닌데
남들은 저것이 제 것 인양 태연하다

답답한 생각
물 끓는 소리 벽시계 초침 소리
가쁜 숨 토하는 팥죽 솥
반복하는 몸짓에 자지러진다.

모자는 머리를 보호하지만
때로는 탈모를 촉진하고
헝클어진 뇌파로 골이 아프다

시간과 공간의
굴레와 울타리에 갇힌
티끌이 떠다닌다.

그날
자다가 껄껄 웃었다
아내는 나를 깨우며
왜 웃느냐? 고 기분이 좋아서…

한마디하고 아무도 못 보는 밤
또 한 번 환하게 웃는다.
깃털 같은 마음 자꾸만 웃음이 난다.

뱀허물 쌍살 벌

실낱같은 햇살
한낮에도 어둠 깔린 숲속
낡은 외투 위로
후 두둑 떨어지는 삭정이에
한 줄기 바람이 스산하다

북풍에 밀려 어디로 갔지
뱀허물로 무섭게 바람을 요리하다
바람에 먹혀 소개령 내린 요람
떨어진 창문 휘휘한 기운이 감돈다.

위장술의 전사 지략의 장수도
떠나간 그들만의 도시

침針과 독으로 무장한
병사들은 간 곳이 없고
벗어 놓은 허물만 음산하게 춤춘다.

구렁이 같이 능청스레

외장外裝을 하고

종족을 늘리며 순혈을 위해

악역을 마다 않고

폐허의 병영에 남은

패잔의 노병

달력에 금을 긋듯이

신갈나무 틈새에서

여왕은 기진한 몸으로

날짜를 털어낸다

새봄이 오면

온전히 닮은 뱀 같은 집을 지어

순수한 혈통으로 대를 이어 번영하리.

종다래끼

새까맣게
찌든 때 묻은
싸리나무 종다래끼

강여울을
거스르던 뜰 피리들
솔숲 송이버섯은
향으로 피어오르고

묵정밭 산딸기
달콤한 유혹의 선혈
작은 누님의 고운 손
오디 향으로 가득한
가족사랑

삼대가 살던 집
웃음 띤 얼굴들이
싸리울에
흑백으로 인화된다.

한식

한식날
어머니 산소에 잡초를 고른다

조뱅이 민들레 꽃다지
지난가을에 수없이 날아온 홀씨들

안방 아랫목은 우리들 차지
냉 고래 윗목이 어머니 일터
콩, 팥의 돌 고르던 모습

쪼그려 앉아
구수한 메주콩 냄새를 맡아봅니다.

성성한 구름은 하늘을 뛰어가고
길게 끌린 그림자는
산허리에 앉았는데

몇 시간 일했다고 손마디가 아플까
참을성 없는 헛먹은 나이
저물기 전에 끝을 내야지

가슴에 숱한 응어리들
풀어드리지 못한 채
가신다는 말도 없이
길 떠나신 어머니 그리운 어머니

붉은 머리 오목눈이

덕동리
휴양림 안
외진 초가집

처마 밑에 걸어놓은
밀짚모자에
뱁새가 살림을 차리고

완전한 바보가 되어
자식 부양에
봄이 바쁘다

머리에 털도 나지 않은
뻐꾸기 새끼
엉덩이로 살상을 한다

시조새가 써놓은
섬뜩한 옛이야기는
한편의 사초史草다

백목련 이야기

장돌림 따라 시작한 여행
정선 장날
동행한 아저씨는
부침개 한 소댕으로 점심을 때운다.

찾아온 사람
반쯤 마른 뿌리에 눈도 움직였다고
투정을 하지만 왜 그러는지 다 안다

갈증이 납니다. 겁이 납니다.

어제는 주천 장
가는 곳마다 볼거리 많은 낯선 땅

커지는 시름 고향 그리운 하루…

차 위에서 꽃을 피웠다
날아가는 새를 보며
어디로 가야 하나
수다 떨다
돌아서는 사람 뒤통수가 밉다

이제 정을 나누며
뿌리 내릴 수 있는
살 곳 찾는 한 그루 백목련

별이 뜰 때까지

중복 날
망초밭에
긴 머리 휘날리며
비가 내린다.

아침부터 내리는 비는
하얀 꽃송이마다
그리움만 뿌려 놓고
바람 따라 가버리고

잔잔한 가슴에
남겨 놓은 정 한 자락에
마른 입술 거친 숨결로
별 하나 뜰 때까지 가슴앓이한다.

어머님 생각

삼복더위
찌는 날도
앉을 새가 없으셨다

푸나무 불 때서
옹패기에 잿물 내려
빨래하고

농사짓는 우리 집
디딜방아로
낟알도 찧고

호박잎 시들던
땡볕 아래서
이랑 긴 밭도 매셨다

우물에서 목축이고
물 적셔 땀 닦던
삼베 수건 한 자락

첫닭이 울 때마다
정 한 수 떠 놓고 못난 아들
무병장수 빌던
어머니 모습이 눈에 선합니다.

*옹패기 : 옹배기의 방언(경기, 충북)

경은사

앞섶에 안을 수 있을 법한
작은 도량에

계곡에 물이 넘치고
백길 절벽 위
스님의 이생 사리가
삼층 석탑으로 피었다.

평생을 깎은 돌
삼보를 쌓았는지
시랑산, 산허리에
갈 길 바쁜 흰 구름

법당 뜰 상사화
임 못 본 꽃송이
그리움을 놓지 못한
핏기없는 민얼굴로

피어나는 향냄새에
독경 소리 실어 보내니

비 그친 오후
으아리 한 다발이
하얗게 피웠다.

* 경은사 : 제천에 있는 절.

104

봄 비

보슬보슬
비가 내린다.

혼자서 서성이다
TV를 켜놓은 채
누워버린 나른함이여

귓전에
아련한 낙숫물 소리
긴 여운을 남기고
진달래 핀 동산에서
낮 꿈에서 헤매다가

허리를 늘이고
게으름에
하품을 한다.

은행나무 가지마다
영롱한 진주알이 구르고
알에서 누에 쓸듯
고물고물 잎이 돋는다.

제4부 산사의 소리

목탁소리에
풍경이 울고
풍경소리 따라
산사에 바람이 분다.

가업家業

돌이 오줌을 싸야
농사가 잘 된다는
손바닥만 한 밭

그 아버지는
빛바랜 지게에
거름을 지고 와서
고추씨를 심었다

자가용을 타고 온
아들 내외는
싹 틔운 감자를 심었지만
비루먹은 쇠잔등 같다

지나던 사람
감자 싹이 실하다고
말을 걸지만 대답은 없다

양지쪽에 누운
아버지는 말이 없는데

써레질 해놓은 논에서
어미 백로는
한 살배기 철부지에게
농사를 가르친다.

연리목

금수산
새목 재 연리목은

살을 에는 바람에
외로우니까
전생의 끈으로
부등켜안았습니다.

마음을 녹여
두 발로 땅을 딛고
두 팔은 하늘을 받들어
강과 산을 넘었습니다.

질기고 먼 세월
함께하자고
사랑하자고…

내가 당신을
품어 준다는 것이
뒤, 돌아보니
당신이 나를 품었습니다.

가뭄 탓

어둠 깔린 이른 새벽 인력사무소
하나둘 사람들이 모여들고
재활용 용품에서 골라온 의자에
앉아있는 사람 서 있는 사람
모두가 말이 없습니다.

사무실 옆 공터 호박 넝쿨에
진초록의 어른 주먹만 한 것
연두색을 띤 솔방울만 한 것
아직 탯줄이 붙어 있는 갓난이
몇몇은 땅에 떨어진 것도 있습니다.

이른 가뭄 탓인지
아직 해도 뜨기 전에
솜털 가득한 잎은 늘어져
일어날 줄 모르고

팔엔 불끈 솟은 근육이 꿈틀대지만
마음 같지 않게 손가락 끝에 선혈이 맺히고
햇볕이 호박에 주름을 긋고 채색을 하려다
아직은 꽃이 적은지
벌 몇 마리 서성이다 돌아갑니다.

귀가 가렵다

새벽에 까치도 울기 전에
친구한테서 안부 전화가 오더니
생각이 넘쳐서 그런지
이 밤중에 귀가 가렵다

칠흑 같은 방안에서
눈을 감아도 자꾸만 맴도는
살구꽃 핀 마을 뒷산에 올라
천방지축 자꾸만 내달린다.

밀밭 옆에서
노릇노릇 익은 밀알을 비벼
한입 가득 털어 넣고
검댕으로 얼룩진 내 얼굴을 본다

아마도 그 시절…

아니면
전생의 어떤 여인이
내 얘기를 푸짐하게 하나 보다.

메 꽃

아침마다 꽃을 피우지만
오월의 누구처럼
화려하고 요란하지 못합니다

넝쿨로 무리 저서
잘 어울리지 못하고
그 빛이 화려하지도 못합니다

더욱이
은은한 향으로
누구를 유혹하지 못합니다

다만 논 두럭 밭 두럭에서
초가삼간에 의지해
배 안 곯고 살아온 세월이 낙이라면 낙

핼쑥한 얼굴 들어
모두 함께 웃어봅니다

깃털 하나

마을 고샅길에서
빤히 보이는 봉황산

산은 낮아도
가파른 언덕 그리고 안부도
외진 골짜기 느릅나무 피나무 다릅나무
울창한 숲에 산딸기 취나물에
노란 그물 망태버섯이 화사합니다

정상에 가부좌 틀고 앉으면
하느님 부처님 소리 들릴 법하고
전쟁물자 실어 나르던 증기기관차
애수의 소야곡을 부르더니 목이 잠기고
힘 좋다는 디젤 기차

아련한 기적 소리 바람에 묻어가고
지금은 전기차가 소리 없이 오간다

먼 길 돌아온 깃털 하나
숲속 떡갈나무 밑에
깃판마저 뜯겨 나간 채
먼지 덮인 어둠 속 긴긴 잠에 빠져들었습니다

호수에서

호수를 보면
구름이 쉬어가고
산이 누웠다 간 자리에
수많은 사연들이 일렁이고

물새 발자국
구름 발자국
하늘에서 낙향한 바람이 던진
주름, 주름이 반짝이고

선녀가 버리고 간 미소를 건지려고
낚시 없는 태공이 호수 위를 갑니다.

눈물이 날 것만 같다

빛바랜 아카시아꽃이
숲길에 떨어지는 날은
왠지 가슴이 서걱거린다

여름으로 접어드는 길목에는
꿀벌마저 날다 기다를 되풀이하고
나무 끝에 까치 한 마리 눈 감고 앉아있다

바람에 묻어온 찔레꽃 향기에
코끝에 찡하니
왠지 눈물이 날 것만 같다

전문가

아침에 일어나서 단숨에
바지 단을 삭둑 잘랐다
운동복이 발등을 덮어서
걸을 수가 없어서다

신장이 줄었는지
바지가 늘어났는지 분간이 안 간다.

박음질로 할까
공그르기로 할까
숭덩숭덩 시침질을 해서 입고 운동을 갔다

거리에는 아스팔트 헤진 곳을
여기저기 재단을 하여
납의인 양 깔끔하게 꿰매놓았다

언제 병원에 갔더니
상처를 호치키스(Hotchkiss)로 집어서 한다

병을 고치고
바느질하기란 쉬운 일이 아니니
전문가는 따로 있기 마련이다

* 납의衲衣 : 조각조각 기워 만든 스님의 옷

115

꽃대 다섯을 잉태하고

산세베리의 타는 갈증
물맛이 그립겠지
방수작업 핑계로 한 달을
물을 못 줬다

꽃대 하나로
온 집안이 향기에 젖는데
올해는 꽃을 보기 어려울 것 같았다

일이 끝나고
물을 푹 주었더니
비비 돌아가던 잎은 기운을 차리고
꽃대 다섯이 얼굴을 내민다

꽃을 잉태하고
입이 돌아가도록 수척한 산세베리
신접살이 아련한 옛일이지만
부끄럽고 아쉬움에 눈을 맞출 수 없다

이어질 수 없는 사랑

잠깐 만났다 헤어질 때도
손을 잡는다
세상에 옹이 없는 나무는 없다. 지만
잎도 가지도 말라 삭정이 질 때
그 아픔을 누가 알았으랴

까칠한 콘크리트 벽을 오르는
담쟁이 넝쿨손
그 손을 잡아줄걸
심장의 박동이 멈추지 않게
회한의 세월이 간다고
아픔은 아물어질까

내 맘
가져간 당신
떠날 때 손잡지 못한 것이
상처로 남아
끝내 이어질 수 없는 빗장이 될 줄이야

처방전

날마다는 아니어도
열흘에 한 번만이라도
일상에서 낯선 곳으로 떠나고 싶습니다.

그곳이
산이나, 바다가 되었던
오로라의 눈부심이 아니어도
그대가 그려준 추상화라도 좋습니다.

일상에서 벗어날 수 없다면
하룻밤 짧은 꿈이라도 좋습니다.

영양결핍은 아니지만
미량 원소의 섭생을 위해
잠시나마 처방전을 받습니다.

청 차조

유월 땡볕에
베잠방이 입고
청 차조 밭을 매 보셨나요?

세상을 움켜쥔 바랭이
밀림 같은 가라지는
차조와 구별이 안 가서
누구를 솎아내야 할지
감이 서지 않습니다.

등골에서 도랑물이 넘칩니다.

오죽하면 손 털고 몰래
겉보리 쓿어
삶아 밥하는 게, 낫겠다 싶습니다.

한여름을 참고 견딘
시퍼렇게 날선 대궁에 서슬 푸른 이삭
두어 단 짊어지면 갈지 자 걸음
폐활량이 높아지고
엄지발가락에 돌부리가 채입니다.

복지관 북소리

이 시간 복지관에서
할머니들이 치는 북소리는 그냥 북소리가 아니다

온몸에 소름이 돋는
베누투아족의 공포의 줄타기도
성인식 소리도 아니다

이글거리는 햇볕을 머리에 이고
까맣게 타다 못해 하얗게 빛바랜 백탄을 지고
달리던 숨 가빴던 옛 울부짖음의 소리다

걸리고 등에 없고 머리에 이고
늦은 저녁나절 먼 길 재촉하며
굽이굽이 외통수 시골길 소나기 만나서
날기 마당 향하던 동동걸음의 소리다

진주의 꿈을 엮는 조개의 아픔과
용암과 화강암이 천년을 응축시켜
대리석의 문양 짜는 소리다

손목과 발목에 자가 품이 나고
냇물에 손이 얼어 터진 방망이 소리요
애기 없고 물동이 이고 다니든 끈기의 소리다

하늘과 땅속까지 맺힌 응어리를 녹이는 소리다

벙어리 삼 년
귀머거리 삼 년
눈감고 삼 년
일생의 삼종지의를 풀어내는 소리다.

가슴에 새겨라
이 북소리는 그냥 소리가 아니고
잘 버무린 성스러운 천년의 소리다.

동치밋국 냉면

깊은 겨울
이웃들이 모여
안마당에 멍석 깔고
동치미 냉면 돌림을 한다.

메밀가루 반죽하기
면 뽑기, 장작 패기, 불 때기
가히 전문가 직종이다

순이는 두레박으로 물 길어 올리기
내 몫은 물지게 당번입니다

그때
두레박줄이 왜 끊어졌는지

우물에 비춘 두 얼굴
유난히 반짝입니다
한 달 후 나라 지키러 갔다.

동치밋국물맛
그녀의 숨소리
우물에 두레박 떨어지는 소리
훈련병 머리는 혼란스럽기만 하다.

첫눈 오는 날

첫눈 오는 날
누구와 약속도 없이
서울로 가는 첫차를 탔습니다.

깜깜한 밤이라서
세상은 어둠을 덮은 채
깊은 잠에 빠져 있고
밤샘하는 주유소의 불빛은 눈을 반은 감은 듯
졸음에 선하품을 합니다.

산과 들이,
도시가 검은 장막을 쓰고 지나가고
달빛이, 별빛이 모두 따라 옵니다

여명이 오고
보이는 풍경마다 얼굴에 화색이 돌고
옹기종기 모여 앉은 형형색색의 마을들
모두는 금식을 하나?

한강에 푸른 물과
애국가에 나오는 남산도
수많은 나무와 넓은 숲도 보았으니
눈이 더 오기 전에 막차로 돌아가야지

얕보지 마라

장미꽃 피든 날
바자울에 시들어 붙은 호박꽃

바람 불면 바스라 질 듯한
마른 꽃송이
누구 하나 눈길 주는 이 없다

떡잎이 지고
삭정이 떨어지듯
곪아 떨어지는 꽃송이
하나, 둘쯤은
다 가슴에 품고들 산다.

시들고 마르는 아픔 없다면
화사한 꽃과 잎은 피었을까
볼품없다고 얕보지 마라

곤줄박이와 스님

스님은
사시 기도도 잊었는지
곤줄박이와 노느라
때 가는 줄 모릅니다.

가끔
내가 찾는 암자에는
그 둘이 있습니다.

늘 그렇듯이
쪽마루에 걸터앉아
무슨 문답을 하는지 알 수가 없고

누가
은사인지
상좌上佐인지 아리송합니다.

독거 노인

마을 가운데
가슴 뚫린 집
삼 년 전 이웃사촌이
아파트로 이사를 갔다

장독은 다 나누어 주고
세간살이는 재활용으로 실려 가고
화분 몇 개 달랑 싣고
때 묻은 노 짓 돌
반백 년 정든 집을
몇 번이고 돌아보며 떠나갔다

중장비 몇 번에
허물어져 금세 평지로 변하고

철 따라 곱게 피든
맨드라미, 봉숭아,
앵두나무, 간 곳이 없고
바람에 먼지만 날리는 빈터에는
검버섯 가득 핀 모과나무가 혼자 서 있다

작년에는 억장이 막혀
해거리를 하더니
올해는 시름을 거두고
외로움도 비웠는지…

못 생겨야 모과지
노익장을 과시하며
주저리주저리 달렸다.

산사의 소리

목탁소리에
풍경이 울고
풍경소리 따라
산사에 바람이 분다.

산새도
솔바람 따라
나직나직 경을 읽고

사물四物도
종루에서 삼보를 품고
창공 가득한 산사의 소리 듣는다.

해거리

해거리한
대추나무
정월 보름날
시집을 간다

동맥경화가 왔는지
면역력이 떨어졌는지
통 알 수가 없다

삼경에 길러 온
샘물로 지은 찰밥
가랑이에 가득 붙이고
떡메로 쿵쿵 자근자근 매를 맞는다

가을이면 주렁주렁
풍년 오겠지

바람을 파는 사람

손자들이
잔치를 한다고
과자를 한 가방 사 왔다

지들 끼리 먹으려니
어린 마음에도 미안했던지
할아버지 몫이라면서
몇 봉지 내민다.

바삭바삭 연한 걸로…
무슨 뜻인지 알지만
입에 넣으니
사르르 녹으면서 맛이 제법이다

봉이 선달이
대동강 물 팔아먹은 전설이 생각났다

봉지 안에 과자는 반도 안 되고
바람이 팽팽하다.

외로운 섬

멀리 떨어져
혼자 있는 섬 하나

햇빛이
별빛이
바다에 나부끼니
외롭지 않고

바람 소리
새 소리에
꿈을 꾸며
파도를 기다리는
갯바위 식구들

수평선 넘나드는
배를 보면서
가슴 깊은 곳에 무인도를
두세 개쯤 담고 살아도 좋겠다.

생강나무

오랜만에
산길에서 만난 여인
어디 아프냐고
눈이 왜 그렇게 들어갔느냐고
내게 말을 건다

보고 싶어 그렇다고
대답은 했지만 …

나는 내려가는 길
그는 올라가는 길
상큼 알싸한 생강 향이
옷깃을 스친다.

벌써 내일이 청명이라
생강나무 노란 꽃은
골짜기 가득하고
뻐꾸기 소리는
긴 여운을 남긴다.

벚꽃 축제

벚꽃 길은
하늘로 오른다

밤에
벚꽃 길을
나선형으로 따라가면

넓은 휘장
별들의 은밀한 눈빛
연지곤지 가득한 대례청에
청사초롱이 불을 밝힌다

하늘이
유연한 길을 내고
꽃이 우아한 몸짓으로
빛과 바람을 부르면

사람은
별, 꽃과 어울려
춤을 추려고
오색의 스카프scarf를 목에 두른다

손 두부

물에 푹 불어라
성숙하게

땅이 아닌 하늘을 돌아
열탕에서 나는 찜찔한 농부의 땀 냄새
뻐꾸기 소리 덤으로 따라서 온다

붕텡이와 열매 몇 개로
구멸 생긴 아기 입도 아문다
콩물쯤이야

짜다 못해 소태보다 쓴
연둣빛 하늘에
몽실몽실 구름이 엉긴다.

하얀 맨살에는
비릿하고 짭짤한 바다 냄새가 나고
초겨울에 구구 산비둘기가 웁니다.

* 붕텡이 : 오배자

새벽 들에서

어둠 깔린 새벽에
들에 나서면
풍요를 잉태한 임부들의
사각대는 건조한 소리로
칠월의 열기에 피부는 까칠하고

붉고 푸른
황색 십자가는
두 손을 모읍니다.

밤을 지킨 까만 전선은
하늘을 마름질하고
농담濃淡도 선명한 크고 작은 섬들이
하얀 바다 위에서 사랑으로 일렁입니다.

서쪽에 걸린 달빛은
들판으로 내려앉고
논매는 오리떼의 농요가 정답습니다.

눈물 자국

야산 등산로에
투박하게 마디가 지고
불끈 힘줄이 솟은 소나무 뿌리

얼마나 타고 넘었는지
마디마디 혈도가 막히고 관솔이 되어
검붉은 피멍으로 얼룩졌습니다.

더러는 잘려 나가고
절단된 곳마다
뼈를 깎는 고통에 눈물 자국이
하얗게 덕지덕지 붙었습니다.

푸른 기상을 잃지 말라던 말씀
빗물에 씻겨 초지장 같은 피부 앙상한 핏줄
아물지 못한 상처에 오늘도 짙은 농膿이 흐릅니다.

그래도 파란 솔
줄기마다 가지마다
핏줄은 막혔는지 살았는지
육안으로는 도무지 감이 잡히지 않아
얼마를 어떻게 살았나를 물어보고 싶습니다.

가려야 할 속살을 누가 그렇게
동맥도 실핏줄도 드러나게
처절히 밟아 처참하게 만들었는지
기가 막혀 멍청히 바라봅니다.

돌멩이 파시波市

남한강 어느 강촌마을이
댐으로 물속에 들던 날
돌멩이 파시가 열렸다

강을 파고
여울을 체로 걸러서
산과 들을 건지더니

제멋대로 간택한
고려청자와 산수경석
관음보살상도

모두 제 눈의 잣대로 잰 가격에
더러는 팔려 가고
또 덤으로 따라가고
나머지는 물속에 다시 남았지

그 많은 돌
돌 가지고 장난질하던
전설의 파시에서
돌이 웃는 것을 나는 보았다

혼자서 가네

비 그친 약수터
녹음 짙은 이른 아침
민달팽이 한 마리 길을 나섰다

시골 어디서 농사를 지었는지
황톳빛 피부에 검불이 붙은 채
부릅뜬 두 눈, 달랑 머리에 이고
마음은 컸는지 말았는지
가솔도 없이 혼자서 간다.

차선을 그리며
어디로 인가 느릿느릿 가고 있다
선방에서 참선하던 스님
운수납자도 걸망은 있는데

바람 따라 흩어지는 구름인가
무소유의 화신인가
몸은 가볍게
마음은 천금인 양 무겁다

제목 : 혼자서 가네
시낭송 : 박영애
스마트폰으로 QR 코드를 스캔하면
시낭송을 감상할 수 있습니다.

징검다리

성못길을
질러서 가려고
물이 넘치고 흔들리는 막 돌 징검다리
살얼음 붙은 돌을 밟고 조마조마 건넌다.

업혀서 건너간 일은 있지만
업고 건넌 일은 없으니
이 또한 빚이라

이 빠진 징검돌
맨발로 놓으려니 쉽지 않다
물은 무릎을 넘고
빨간 오리발 내 살이 아니지만

시골집 행랑채 아랫목이다

반백의 구름

기다리지 않는 듯
기다리는 그 구름을 본다

솔 내음 솔솔 한
산등성이에 앉아
흰 구름은 속 알 없이 목이 휘고
몰려오는 반백의 구름 떼들

한다는 게
마주치는 구름 손뼉

번개가 치고
하늘 가르는 천둥소리
한여름 시원한 소나기가 내린다

순간
구름은 화색이 돌고
눈에는 빛이 반짝인다

노랑 드레스

여인 하나
숲속에서
망사치마 갈아입는다

여왕의 대관식戴冠式인가
뽀얀 살결 고운 몸매
눈이 부신 노랑 드레스

누구를 위하여
정성을 들였는지
보는 이 가슴 설렌다

한순간
포로되어 발길 멈추고
그 모습 놓칠세라, 담고 담으니
신비한 마음 가득하다

미인은 박명이라
오늘뿐 내일은 볼 수 없으니

망태버섯
그대 향한
아쉬움이 가득합니다

독도

천년의 혈육
서른여섯 고운 섬은
어둠도 외로움도 사랑했어요

이제는
고향 사투리에 갈매기가 웃고

사철나무
푸른 잎 하얀 꽃 붉은 열매는
동해바다에 태극기로 휘날린다.

하얀 잉크

신홍섭 시집

2020년 1월 6일 초판 1쇄
2020년 1월 10일 발행
지 은 이 : 신홍섭
펴 낸 이 : 김락호
디자인 편집 : 이은희
기 획 : 시사랑음악사랑
연 락 처 : 1899-1341
홈페이지 주소 : www.poemmusic.net
E-Mail : poemarts@hanmail.net

정가 : 10,000원
ISBN : 979-11-6284-173-0